Piraterie Littéraire
au dix-huitième siècle

Les Contrefaçons
la Liste Générale des Postes de France
des Jaillot, 1708—1779

Communication présentée
au Congrès des Sociétés Savantes, tenu
à Marseille, Avril, 1922

par

Herbert George Fordham

Membre de la Société Française d'Archéologie;
Membre Correspondant Étranger de l'Académie
Royale d'Archéologie de Belgique

Cambridge:
De l'Imprimerie de l'Université
1922

PUBLICATIONS CARTO-BIBLIOGRAPHIQUES DU MÊME AUTEUR

Hertfordshire Maps: A Descriptive Catalogue of the Maps of the County, 1579—1900. *Hertford*, 1907, in-4.
Supplément. *Hertford*, 1914, in-4.

Notes sur la Cartographie des Provinces anglaises et françaises du XVIe et XVIIe siècles. (Annales du XXe Congrès de la Fédération Archéologique et Historique de Belgique.) *Gand*, 1907, in-8.

Cambridgeshire Maps: A Descriptive Catalogue of the Maps of the County and of the Great Level of the Fens, 1579—1900. *Cambridge*, 1908, in-8.

Notes on the Cartography of the Counties of England & Wales. *Hertford*, 1908, in-8.

The Cartography of the Provinces of France, 1570— 1757. *Cambridge*, 1909, in-8.

John Cary, Engraver and Mapseller (fl. 1769—1836). *Cambridge*, 1910, in-8.

An Itinerary of the 16th Century. La Guide des Chemins d'Angleterre. Jean Bernard, Paris, 1579. *Cambridge*, 1910, in-8.

Liste Alphabétique des Plans et Vues de Villes, Citadelles et Forteresses qui se trouvent dans le grand atlas de Mortier, édition d'Amsterdam de 1696. (Bulletin de géographie historique et descriptive.) *Paris*, 1911, in-8.

Descriptive Catalogues of Maps. (Transactions of the Bibliographical Society.) *Londres*, 1912, in-4.

Notes on British and Irish Itineraries and Road- Books. *Hertford*, 1912, in-8.

Une Piraterie Littéraire
au dix-huitième siècle

LISTE GENERALE DES POSTES DE FRANCE

dressée par Ordre de

MONSEIGNEUR LE MARQUIS DE TORCY

Ministre et Secretaire d'Estat et des Commandemens de sa Majesté Chancelier de ses Ordres Sur intendant General des [illegible] et Relais de France.

[illegible] Service du Roy [illegible] commodité du Public.

On est averti qu'a l'entré et a la sortie des Villes de Paris et Lyon et des endroits ou le Roy fait son sejour les postes se payent [illegible]

A PARIS Chez le Sr. [illegible]
Geographe ordinaire de sa [illegible]
[illegible] les grands Augustins aux [illegible]
Avec Privilege du Roy.
1708.

Une Piraterie Littéraire
au dix-huitième siècle

Les Contrefaçons
de la Liste Générale des Postes de France
des Jaillot, 1708—1779

Communication présentée
au Congrès des Sociétés Savantes, tenu
à Marseille, Avril, 1922

par

Sir Herbert George Fordham

Membre de la Société Française d'Archéologie;
Membre Correspondant Etranger de l'Académie
Royale d'Archéologie de Belgique

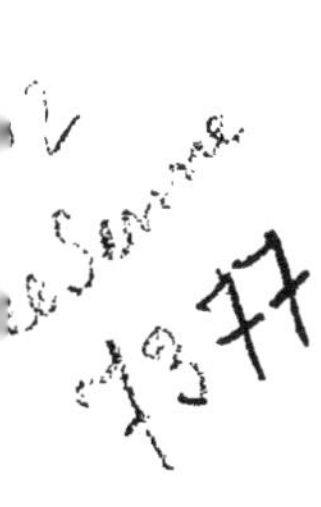

Cambridge:
De l'Imprimerie de l'Université
1922

A mon ami

le Comte de Saint-Saud

Tiré à deux cents exemplaires.

Numéro 111 .

H. George Fordham

TABLE DES PLANCHES

LES CONTREFAÇONS DE LA LISTE GÉNÉRALE DES POSTES DE FRANCE DES JAILLOT, 1708—1779

Dès 1708 a été publiée, annuellement, et jusqu'au milieu du dix-neuvième siècle, une série officielle de livres de poste, d'abord en volumes gravés, de petit format, puis en octavo, contenant beaucoup de détails et d'une impression soignée.

Cette série ne se trouve nulle part complète, quoiqu'il en existe un nombre considérable d'exemplaires à la Bibliothèque Nationale.

De la "Liste Générale des Postes de France," par laquelle elle commence, la moitié des volumes reste encore aujourd'hui inconnue.

Le privilège de la première impression, établi pour vingt ans, et daté du 29 juillet 1708*, fut accordé au Sieur Hubert Jaillot†, le premier des géographes et cartographes de ce nom, qui, en association avec deux des fils du célèbre Nicolas Sanson (Adrien et Guillaume), publia vers la fin du dix-septième siècle les grands atlas dont l'historique n'est plus à faire‡.

* Voir le titre de ce volume au frontispice [Pl. I] et le texte du privilège dans l'Appendice.

† Alexis-Hubert Jaillot, qui mourut le 2 novembre, 1712, âgé d'environ quatre-vingts ans. L'Atlas François, Paris, 1695, gr. in-fol., est orné, en frontispice, d'un portrait gravé d' "*Alexius-Hubertus Jaillot, Regis Christianissimi geographus ordinarius.*"

‡ Dans ces atlas on voit une belle carte des Postes de France basée sur la carte de Nicolas Sanson datée de 1632, et publiée : "A Paris, Par Melchior Tauernier, Graueur et Imprimeur ordinaire du Roy pour les Tailles douces demeurant en l'Isle du Palais sur le quay qui regarde la Megiserie. Auec Priuillege du Roy. A°. 1632." Tavernier donne, sur la carte même, les explications suivantes relatives à son

Grâce à des privilèges successifs les Jaillot se succédèrent pour la publication de ce petit guide de poche, jusqu'au moment (1779) où le droit de publication passa à l'administration des postes, les bénéfices de la vente étant affectés au pensionnement des postillons âgés, infirmes, ou incapacités à la suite d'accidents.

Il est à noter que les tables des routes qui se trouvent dans les listes des Jaillot parurent pendant quatre ans dans l'Almanach Royal, c'est-à-dire de 1707 à 1710 inclusivement. En 1707 et en 1708 l'entête est celui de Jaillot, "Liste Générale des Postes de France"; pour les deux années suivantes ces tables s'intitulent: "Routes des Postes du Royaume, mises dans un ordre tres exact et sans renvoy pour la commodité publique."

Les guides postaux de France prirent successivement divers titres dont voici la liste établie d'après les exemplaires conservés dans les bibliothèques:—Liste Générale des Postes de France, 1708 à 1779 (publiée par les Jaillot); Liste Générale des Postes de France, 1780 à l'an x (Philippe-Denys Pierres); Etat Général des Postes et Relais de l'Empire Français, l'an XIII à 1810; Etat Général des Routes de Poste de l'Empire Français, du Royaume d'Italie et de la Confédération du Rhin, 1811 et 1812; Etat Général par ordre alphabétique des Routes de l'Empire Français, [et] du Royaume d'Italie, 1813, 1814; Etat Général des Postes du Royaume de France, avec les Routes qui conduisent aux principales villes de l'Europe, 1814 à 1822; Livre de Poste, ou Etat Général des Postes du Royaume de France, suivi de la Carte géométrique de

origine: "Au Lecteur LEstat de toutes les Postes qui trauersent la France m'estant tombé depuis peu entre les mains, je priay le S.r N. Sanson d'Abbeuille de me le dresser en vne Carte Geographicque quil ma aussy tost rendu telle que je la pñte sil sy trouue a augmenter ou diminuer men aduertissant je le feray pour le contenter et seruir le publicq a Dieu."

VERITABLE

LISTE GENERALE DES POSTES DE FRANCE,

DRESSÉE PAR ORDRE DE MONSEIGNEUR

LE MARQUIS DE TORCY,

MINISTRE ET SECRETAIRE D'ESTAT,

des Commandemens de Sa-Majesté, hancelier de ses Ordres, Sur-Intendant General des Postes & Relais ance.

POUR LE SERVICE DU ROY pour la commodité des Voyageurs.

Nouvelle Edition, reveu corrigé, & augmenté.

A PARIS,
Chez le Sieur JAILLOT, Geographe ordinaire de Sa Majesté.

M. DCC. XII.

Routes desservies en Poste, avec désignation des relais et des distances, 1826 à 1859. Il existait aussi un Annuaire des Postes, ou Manuel du Service de la Poste aux Lettres et aux Chevaux, à l'usage du Public, et particulièrement des Commerçans et des Voyageurs en malle-poste, 1833 à 1871.

Les privilèges des Jaillot furent établis comme suit :— le 29 juillet, 1708, à Hubert Jaillot, pour 20 ans; le 30 mars, 1724, à Bernard Jaillot*, pour 15 ans; le 7 juillet, 1728, à Bernard-Antoine Jaillot (fils du précédent), le privilège de Bernard étant en même temps révoqué, pour 15 ans; le 30 mars, 1743, encore à Bernard-Antoine Jaillot, pour 15 ans; le 24 mars, 1756, au Sieur de Chauvigné-Jaillot†, pour 15 ans, et le 2 août, 1769, au même, pour 10 ans.

Depuis le début de leur publication, en 1708, jusqu'en 1771, ces petits livres sont tous gravés. Dès 1772, et jusqu'à la fin de la série, la gravure fait place à l'impression.

On conçoit facilement l'attrait qu'exerçait ce genre de publication, d'un usage courant et nécessaire à tout homme voyageant, soit pour ses affaires, soit pour son plaisir, sur les imprimeurs-éditeurs de l'époque. Aussi étaient-ils tout prêts à s'exposer aux amendes et autres pénalités dont on trouve la menace étalée dans chaque nouveau tirage du livret officiel.

De tout temps, cela va sans dire, des contrefaçons furent

* Ce doit être Bernard-Jean-Hyacinthe Jaillot, géographe du Roi, qui naquit le 11 février, 1673, un des fils, de sa première femme, d'Alexis-Hubert Jaillot. Il y avait, cependant, vers cette époque, un François-Bernard Jaillot, lui aussi géographe du Roi, dont la parenté n'est pas encore établie, mais qui fut, vraisemblement, un autre fils d'Alexis-Hubert, peut-être de sa seconde femme. Voir Jal (Auguste), *Dictionnaire critique de biographie et d'histoire*, 2me éd., 2 vol., Paris, 1872, in-8.

† Jean-Baptiste Renou de Chauvigné, plus connu sous le nom de Jaillot, parce qu'il épousa une des petites-filles d'Alexis-Hubert Jaillot, devint géographe du roi et mourut le 5 avril, 1780.

LISTE
GENERALE
DES POSTES DE FRANCE,

POUR LE SERVICE DU ROY
Et pour la Commodité
du Public.

ON AVERTIT QU'A L'ENTRE'E & à la Sortie des Villes de Paris, Lyon & Roüen, & les endroits où le Roi fait son séjour, les Postes se payent doubles.

publiées et vendues en quantité sans doute considérable. A preuve les avertissements au public, fulminant d'une manière générale et continue contre les contrefacteurs. Voici un extrait de l'avis* qui se trouve dans la Liste Générale des Postes de France dressée par Ordre de son Altesse Serenissime Monseigneur le Duc [de Bourbon], Premier Ministre......Corrigé le premier Janvier, 1724 (Paris, 1724, in-12):—" Le Public est averti que par ordre de Son A. Serenissime Monseigneur le Duc Les Postes changent de temps à autre et que le Sr Jaillot en reçoit seul les ordres pour en faire les Corrections, et come d'autres persones s'ingerent d'en cōtrefaire la Liste et de l'imprimer il est impossible qu'elle se trouve juste, ce qui peut causer du bruit aux officiers dans leurs routes comme il est deja arrivé plusieurs fois, les Maîtres des Postes n'étant point obligés d'ajouter foy a d'autres Listes qu'a celle qui est gravée et non imprimée."

Plus tard, en 1772, par exemple, on trouve plus de précision dans l'avertissement comminatoire :—" Le Public est averti qu'il ne doit ajouter foy qu'aux Exemplaires dont le frontispice sera gravé avec les armes du Roi, qui seront signés dudit Sr Jaillot, dont toutes les pages seront reglées, et les chiffres accompagnés de deux fleurons." (Pl. V).

Malgré cet état de choses, et jusqu'à il y a deux ans je n'avais jamais rencontré d'exemplaire de ces contrefaçons.

Je possède aujourd'hui deux de ces volumes minuscules ; l'un découvert par le plus grand hasard, sur le Quai de Conti, dans une boîte de bouquiniste ; l'autre acquis en Ecosse (à Edimbourg) cette année même (1922).

Un troisième existe à Paris, dans la belle bibliothèque de

* Cet avis est basé sur les termes des privilèges qui sont assez sévères. Voir le texte du privilège accordé à Hubert Jaillot en 1708, donné en appendice, à titre de curiosité.

IV

LISTE GÉNÉRALE

DES POSTES

DE FRANCE,

Dressée par ordre de Monseigneur DE VOYER DE PAULMY, CHEVALIER, COMTE D'ARGENSON, Ministre & Secrétaire d'État, Chancelier, Garde des Sceaux de l'Ordre Royal & Militaire de Saint Louis, Grand Maître & Sur-Intendant Général des Couriers, Postes & Relais de France.

On est averti qu'à l'Entrée & à la Sortie des Villes de Paris, Lyon & les endroits où le Roy & la Reine font leurs séjours, les Postes se payent doubles, & Roüen pour la Sortie seulement.

A PARIS,

Chez le Sieur JAILLOT, Géographe Ordinaire du Roy, joignant les Grands Augustins.

AVEC PRIVILEGE DU ROY.

M. Edgar Mareuse, à l'obligeance duquel je dois la photographie du titre reproduite ici en fac-simile. (Pl. IV).

Le premier est daté de 1712; il est imprimé et non gravé. On a ajouté en haut du titre le mot : "Veritable," ce qui est inexact, et, plus bas, dans le libellé du titre les mots : "Nouvelle Edition, reveu, corrigé, et augmenté." (Pl. II). Autrement, le texte reproduit fidèlement l'original de Jaillot, et l' "Avis au Public" a été recopié exactement, les mots "gravée et non imprimée" étant transposés en "Imprimée et non Gravée."

Ce volume, cependant, est d'un format plus petit que celui de Jaillot. Le livret de 1708, le véritable, mesure 127 mm. de hauteur; la contrefaçon de 1712 n'a que 118 mm., et 48 pages seulement d'impression.

La seconde contrefaçon qui figure dans ma bibliothèque est à peu près de la même grandeur que l'original. Le titre en est court : "Liste Generale des Postes de France, Pour le service du Roy, Et pour la Commodité du Public. On avertit qu'à l'entrée et à la Sortie des Villes de Paris, Lyon et Roüen, et les endroits où le Roi fait son séjour, les Postes se payent doubles." (Pl. III). Il n'y a rien là-dedans qui permette d'établir la provenance de cette mince et fragile publication ; ni nom d'imprimeur, ni lieu d'impression, ni date sur quoi que ce soit. La brochure est en papier, assez bien conservée; elle mesure 147 mm. de hauteur, et compte en tout 50 pages d'impression.

Car elle aussi est *imprimée* et *non gravée*. Il n'est pas douteux qu'elle a été publiée subrepticement d'après la liste de Jaillot.

En confrontant cette édition aux textes des éditions officielles on peut à mon avis la dater de 1723 environ.

La troisième de ces contrefaçons jusqu'à présent connues, celle de la bibliothèque Mareuse, fut publiée, sans doute,

V

AVERTISSEMENT

LE ROI ayant ordonné qu'a l'avenir le Livre des Postes seroit imprimé tous les ans avec les changements, et les nouveaux établissements qui pourront être faits sur les différentes Routes du Royaume dans le cours de l'année précédente; pour prévenir toutes difficultés entre le Sieur Jaillot possesseur du privilège de ce livre, et ceux qui s'ingereroient de le contrefaire, et pour eviter toutes contestations entre les Courriers, et les Maîtres des Postes, Le Public est averti qu'il ne doit ajouter foy qu'aux Exemplaires dont le frontispice sera gravé avec les armes du Roi, qui seront signés dud. Sr. Jaillot, dont toutes les pages seront reglées, et les chiffres accompagnés de deux fleurons

pendant la période (1743—1757) de la Sur-Intendance-Générale du Comte d'Argenson, et, paraît-il, avant l'an 1750. Le titre commence: "Liste Générale des Postes de France, Dressée par ordre de Monseigneur de Voyer de Paulmy, Chevalier, Comte d'Argenson,......A Paris, Chez le Sieur Jaillot, Géographe Ordinaire du Roy, joignant les Grands Augustins. Avec Privilege du Roy." (Pl. IV). Il n'est pas daté. Le texte de ce volume a, en tout, 84 pages. La hauteur est de 122 mm. La bordure qui entoure le titre se reproduit sur chaque page d'un bout à l'autre de l'impression. Provisoirement, on peut dater cette contrefaçon de *circa* 1748. Toutes les pages sont imprimées.

Il est presque miraculeux que de minces plaquettes d'aussi petit format, livrets de voyage, dont, de tout temps, on a jeté celui de l'année passée pour garder seulement celui de l'année courante, existent encore.

On peut, néanmoins, se poser la question suivante : Si, comme il est vraisemblable, il y avait beaucoup de ces contrefaçons, pourquoi ne les retrouve-t-on pas côte à côte avec les éditions privilégiées, sur les rayons des bibliothèques publiques et des collections particulières ?

Les livres des postes officiels étant eux-mêmes assez rares, peut-être les contrefaçons sont-elles naturellement devenues rarissimes ?

Quoi qu'il en soit, je serais fort heureux d'en découvrir d'autres, et je me permets de dédier ces quelques lignes aux bibliophiles qui s'occupent de littérature ayant rapport à la géographie, afin d'attirer leur attention sur cette curiosité bibliographique, et de susciter des recherches propres à élucider l'origine et l'existence des contrefaçons qui, pendant près d'un siècle, ont suivi, d'année en année,—à ce que je crois, du moins—la publication des livres des postes français officiels et privilégiés.

LISTE GÉNÉRALE DES POSTES DÈ FRANCE

Le Prix est de 24.f Broché
et de 36.f relié avec la Carte

A PARIS

Chez le S.r JAILLOT Géographe ordinaire du Roi
Joignant les Grands Augustins.

Avec Privilege du Roi.

APPENDICE

Privilege du Roy

Louis par la grace de Dieu Roy de France et de Navarre, a nos amez et feaux conseillers les gens tenans nos Cours de parlement mes des Reqtes ordres de nostre hôtel, Grand Conseil, Prevost de Paris, Baillifs, Senechaux, leurs Lieutenans et a tous autres nos officiers et Justiciers ql apartiendra salut, nostre bien amé Hubert Jaillot nôtre Geographe ordre nous a fait representer que depuis pls de 40 ans il a fait graver avec beaucoup de soin et de depense plusieurs Cartes qui ont esté fort necessaires pour nostre service, pour l'utilité des officiers de nos armées et du public, Entre les quelles il en a fait une generale de toutes les postes de nostre Royaume, mais quelqu'avantageuse qu'elle fut par la grãde exactitude avec laquelle elle a esté faite Nous avons trouvé neanmoins qu'il seroit encore plus commode por les Courriers qui ont encore un plus grand besoin de s'en servir, qu'il prit le soin de faire graver un petit livret dans leql toutes les routes seroient reduites avec une explication exacte du nombre des postes qu'il y a d'un lieu a un autre, Ce qui a dautant mieux reüssi que chaque courrier peut sans s'incommoder porter led. livret avec soy et eviter par ce moyen toutes les contestations qui arrivent souvẽt sur le plus ou le moins de postes, au lieu que la Carte qu'il avoit faite estoit d'un difficile usage po. les Courriers pendãt leurs rout. Mais comme les grandes depenses ql a faites pour la constructiõ. de cette Carte luy devienent absolument inutiles et qu'il ne seroit pas juste que dautres profitassent du travail que nous luy avons ordonné de faire et la depense ql a aussi faite pour la gravûre de ce petit livret. Que cependant nous avons apris que quelq. persoñes l'auroient imité et l'auroient compris, sans nôtre permission, dans quelques autres ouvrages qui avoient esté jmprimez. Nous avons jugé a propos d'expliquer nos intentions sur ce sujet. Pour ces causes, *voulant traiter favorablem. led. Sr. Jaillot et le recompenser en quelque façon des peines, des soins et des depenses qu'il a faites pour les ouvrages q. nous a donnés et au public, Nous luy avons permis et par ces presẽtes signées de nostre main, permettons de Continüer et faire graver et même imprimer si bon luy semble led. livret sous le Titre de* Liste generale des Postes de France *par tel graveur ou jmprimeur, en telle forme, marge et caractere que bon lui semblera et de le faire vendre et debiter par tout nostre Royaume pendant le temps de vingt années consecutives a compter du jour et datte des presentes. deffendons a tous graveurs et jmprimeurs libraires et autres personnes de quelque qualité et condition qu'elles puissent estre de graver, faire graver, jmprimer, faire jmprimer ou contrefaire vendre ny debiter led. Livret et d'en faire aucune imitation sous quelq. pretexte que ce soit même de gravûre ou d'jmpression Etrangere sans le consentement par écrit de l'exposant ou de ses ayans cause sous peine de quinze cent livres d'amende contre les contrevenans aplicables un tiers à Nous, un tiers à l'hôtel dieu de paris, et l'autre tiers à l'exposant, de cõfiscation des Exemplaires gravez, jmprimez ou contrefaits et de tous dépens, dommages et interets, a conditiõ. que la gravûre ou jmpressiõ dud. livret sera faite en beau Caractere, sur de beau et bon papier, carton ou parchemin dans nre. Royaume et non ailleurs, conformèment aux reglemens sur ce faits. voulons qu'apres que ces presentes auront esté Enregistrées dans le livre de la Communauté des jmprimeurs et libraires de paris ou autres lieux que besoin sera, Tous les Exemplaires dud. livret qui auront esté gravez ou jmprimez imités ou contrefaits, soient suprimez et retranchés de tous les livres et autres ouvrages qui se font, soit sous le tiltre d'Almanachs ou autrement, ou ils auroient esté mis et jnserez, au cas qu'il s'y en trouve aucuns, avec deffenses de les vendre ou debiter sur les peines susd. a la charge qu'il sera mis deux Exemplaires dud. Livret, si fait n'a esté, dans nostre Bibliotheque publiq. un dans le Cabinet de nos livres dans nostre Château du Louvre et un autre dãs la Bibliotheque de nostre tres-cher et feal Chevalier Chancelier de france le Sr. Phelypeaux Comte de Pontchartrain Commandeur de nos ordres. le tout a peine de nullité des presentes, du contenu desquelles nous vous mãdons et enjoignõs de faire jouir l'exposant plainemt. et paisiblement sans souffrir qu'il en soit aucunemt. empeché, et voulons que la Copie des presentes qui sera gravée ou jmprimée au commencement ou a la fin dud. livret soit tenüe pour deuement Signifiée et qu'aux copies qui en seront Collationnées par l'un de nos amez et feaux conseillers secretaires, foy soit ajoutée, come à l'original. Commandons au premier nostre huissier ou sergent sur ce requis, de faire pour l'execution des presentes tous actes requis et necessaires sans demander autre permissiõ nonobstant Clameur de haro, Chartre Normande et autres lettres a ce contraires.* Car tel est nostre plaisir, *donné a fontainebleau le vingt neuvieme Jour de Juillet l'an de grace Mil sept cent huit et de nostre Regne le soixante sixieme, signé* Louis, *et plus bas,* Par le Roy, Colbert, *et scellées du grand sceau de Cire jaune, et a costé est ècrit.*

Registrées, oüy le procureur general du Roy *pour jouir par ljmpetrant de leur effet et contenu et estre executées selon leur forme et teneur suivant larrest de ce jour. à Paris en Parlement le vingtroisieme aoust mil sept cent huit. signé* du Tillet.

Registré sur le Registre numero 2. *de la Comunauté des Libraires et Imprimeurs de Paris page* 362. *numero* 697. *conformément aux Reglemens et notamment à l'Arrest du Conseil du* 13. *Août* 1703. *a Paris ce* 4. *Septembre* 1708.

L. Sevestre, *Syndic*

Cambridge: de l'Imprimerie de l'Université

PUBLICATIONS CARTO-BIBLIOGRAPHIQUES DU MÊME AUTEUR (*suite*)

La Cartographie des Provinces de France, 1594—1757. *Cambridge*, [1912,] in-8.

Studies in Carto-Bibliography, British and French and in the Bibliography of Itineraries and Road-Books. *Oxford*, 1914, in-8.

Roads and Travel before Railways in Hertfordshire & Elsewhere. (Transactions of the Hertfordshire Natural History Society.) *Hertford*, 1915, in-8.

Road-Books and Itineraries Bibliographically considered. [With a Catalogue of the Road-Books and Itineraries of Great Britain and Ireland to the year 1850.] (Transactions of the Bibliographical Society.) *Londres*, 1916, in-4.

Catalogue des Guides-Routiers et des Itinéraires Français, 1552—1850. (Bulletin de la Section de Géographie, 1919.) *Paris*, 1920, in-8.

Notes on a Series of Early French Atlases, 1594—1637, presented to the British Museum, 1920. (Transactions of the Bibliographical Society—The Library—seconde série, vol. i, no. 3.) *Londres*, 1920, in-4.

Catalogue des Guides-Routiers et des Itinéraires Français, 1552—1850. Illustrations Supplémentaires. *Cambridge*, 1921, in-8.

The Earliest French Itineraries, 1552 and 1591. Charles Estienne and Théodore de Mayerne-Turquet. (Transactions of the Bibliographical Society—The Library—seconde série, vol. i, no. 4.) *Londres*, 1921, in-4.

Maps: Their History, Characteristics and Uses. A Hand-Book for Teachers. *Cambridge*, 1921, in-8.

www.ingramcontent.com/pod-product-compliance
Ingram Content Group UK Ltd.
Pitfield, Milton Keynes, MK11 3LW, UK
UKHW022152260726
13993UKWH00005B/2325

9 782329 201917